CATALOGUE
D'ESTAMPES
ANCIENNES ET MODERNES

PAR

DES GRAVEURS CÉLÈBRES AU XVIIe & XVIIIe SIÈCLE

ET CONTEMPORAINS AU **XIXe** SIÈCLE

Et les œuvres de Van Dyck et d'Edelinck,

DE LIVRES A FIGURES ET RECUEILS

DE DESSINS

DONT PLUSIEURS DE WATTEAU

du cabinet de M. T. **FORSTER**

DONT LA VENTE AUX ENCHÈRES PUBLIQUES AURA LIEU

HOTEL DES VENTES MOBILIÈRES

RUE DROUOT, N. 5

SALLE N° 8,

Les lundi 18, mardi 19, mercredi 20 Janvier 1858,

A UNE HEURE.

Par le ministère de Me **DELBERGUE-CORMONT**, Commis^re Priseur, 8, rue de Provence.

EXPOSITION PUBLIQUE

Le Dimanche 17 Janvier 1858, de midi à 4 heures.

LE CATALOGUE RÉDIGÉ PAR M. **DEFER**, SE DISTRIBUE A PARIS,

Chez MM. **DELBERGUE-CORMONT**, Commissaire-Priseur,
VIGNIÈRES, marchand d'Estampes, rue de la Monnaie, n. 19; entrée par la rue Baillet, n. 1, à l'entresol.

—

1857

RENOU & MAULDE
Imprimeurs de la Compagnie des
Commissaires-Priseurs
RUE DE RIVOLI, 144

CATALOGUE
D'ESTAMPES
ANCIENNES ET MODERNES

PAR

DES GRAVEURS CÉLÈBRES AU XVIIe & XVIIIe SIÈCLE

ET CONTEMPORAINS AU XIXe SIÈCLE

Et les œuvres de Van Dyck et d'Edelinck,

DE LIVRES A FIGURES ET RECUEILS

DE DESSINS

DONT PLUSIEURS DE WATTEAU

du cabinet de M. F. F,

DONT LA VENTE AUX ENCHÈRES PUBLIQUES AURA LIEU

HOTEL DES VENTES MOBILIÈRES

RUE DROUOT, N. 5

SALLE N° 3,

Les Lundi 18, mardi 19, mercredi 20 Janvier 1858,

A UNE HEURE.

Par le ministère de Me **DELBERGUE-CORMONT,** Commiss^r Priseur, 8, rue de Provence.

EXPOSITION PUBLIQUE

Le Dimanche 17 Janvier 1858, de midi à 4 heures.

LE CATALOGUE RÉDIGÉ PAR M. DEFER, SE DISTRIBUE A PARIS,

Chez MM. **DELBERGUE-CORMONT,** Commissaire-Priseur,
VIGNIÈRES, marchand d'Estampes, rue de la Monnaie, n. 10; entrée par la rue Baillet, n. 1, à l'entresol.

1857

ORDRE DE VACATION

PREMIÈRE VACATION :

Le Lundi 18 *Janvier* 1858.

Nos 76 à 133 — 1 à 75, Estampes anciennes.

DEUXIÈME VACATION :

Le Mardi 19 *Janvier* 1858.

Nos 202 à 260 — 134 à 201, Estampes modernes.

TROISIÈME VACATION :

Le Mercredi 20 *Janvier* 1858.

Nos 321 à 347 — 261 à 320, Estampes modernes.
348 à 356, Recueil.
358 à 382, Dessins.

CONDITIONS DE LA VENTE.

La vente sera faite au comptant.

Les acquéreurs payeront, en sus des adjudications, cinq pour cent en plus, applicables aux frais.

Le Catalogue se distribue à l'étranger chez MM. Colnaghi et Ce, Pall Mall à Londres ; R. Weigel, à Leipsig ; Buffa, à Amsterdam.

La collection dont nous donnons le Catalogue, se compose de deux parties distinctes : la première renferme un spécimen de célèbres graveurs, tels que : par *Albert-Durer*, la Pandore, superbe épreuve. *Bartolozzi*, le Diplôme, pièce rare. *Beauvarlet*, quatre sujets d'après Giordano, épreuves avant la lettre. *Bolswert*, la Vierge aux Anges, premier état ; la Pêche miraculeuse, superbe épreuve. *Drevet*, Bossuet, très belle épreuve. *Van Dyck*, suite de 120 portraits, superbes épreuves de l'édition de G. H. — *Gérard-Edélinck*, soixante-dix de ses plus beaux portraits en premier état ; plusieurs avant la lettre, regardés comme uniques, et la plus belle épreuve connue du portrait de Phil. de Champagne ; celui d'Israël Silvestre, graveur, avant la lettre ; — par *Nanteuil*, *Roullet*, *Poilly*, etc., de beaux portraits, plusieurs rares. La plupart de ces estampes proviennent de cabinets célèbres, tels que ceux de Dufresne, Durand, Reville, Debois, Robert-Duménil, etc.

La deuxième partie, se compose d'Estampes par des graveurs du XIXe siècle et contemporains, dont les estampes sont épreuves d'artistes avant la lettre et sur papier de Chine.

Des Dessins, parmi lesquels on remarque un portrait de Michel le Tellier, par *Nanteuil*. Des costumes de modes, par *Watteau*, autres sujets par *Vanloo*, Bouchardon, etc.

Plusieurs recueils dont : le Musée Napoléon, par Filhol, 11 volumes, l'œuvre de Boissieu, etc., etc.

Dol. 100
[illegible] many

Crean

DÉSIGNATION

DES ESTAMPES

PREMIÈRE PARTIE.

ESTAMPES ANCIENNES

1 **Albert Durer.** La Pandore ou la Fortune (77), épreuve de la plus grande beauté et parfaitement conservée. Encadré. 150

2 **Audran** (Gérard). Plafond de la chapelle du château de Sceaux, d'après Le Brun. 16

3 — La Peste d'Eaque, d'après Mignard, très-belle épreuve avec le paon et avant les ailes à la Junon. 13

4 — Un morceau de la bataille d'Arbelles, d'après Le Brun, épreuve avant toutes lettres avec toute marge. 8 50

5 **Bartolozzi** (François), 1708. La Munificence royale, protectrice des beaux-arts (1), d'après Cipriani. Morceau connu sous le titre du *Diplôme*. Épreuve avant la lettre. Pièce très-rare. 91

(1) Allégorie qui sert de vignette aux lettres ou patentes que reçoivent les artistes à leur réception à l'Académie de Londres.

6 — Vénus et Cupidon, d'après Lucas Giordano, de la collection du duc de Devonshire.

7 — Vierge, d'après Carle Dolci, épr. avant la lettre, portrait de Hændel, billets de bal, vignettes pour l'Arioste.

8 **Bervic** (Clément). Louis XVI en costume du sacre, d'après Callet, épr. sur papier de Chine.

9 — Laocoon, d'après l'antique. Très-belle épreuve, mais rognée.

10 **Beauvarlet** (J.-F.). L'Enlèvement d'Europe, Galathée, l'Enlèvement des Sabines et le Jugement de Paris, quatre pièces d'après Lucas Giordano, épr. avant toute lettre. Cette suite est extrêmement rare de cet état.

11 — Le Triomphe de Mardochée, d'après Detroye, épr. avant la lettre, vierge de marge.

12 **Bloemaert** (Corneille). Columba di Tofaninis, d'après Ramacciottus, belle épreuve.

13 **Bolswert** (Boëce). La Pêche miraculeuse, d'après Rubens, grande estampe en trois feuilles. Rare. Epreuve de la plus grande beauté.

14 La Vierge aux Anges, d'après Van Dyck, superbe épreuve de l'édition de Martinus Van den Eden. Rare.

15 Hérodiade tenant la tête de saint Jean, d'après Rubens, superbe épreuve.

15 bis **Cars** (Laurent). Hercule et Omphale, Persée et Andromède, deux pièces d'après Lemoine, épreuves avant la lettre, rares. L'Enlèvement d'Oritie, eau-forte.

Sorin 5.

Creux 18.

Creux 15

Hardouin 11.

Hardouin 17.

Hardouin 16

16 **Cochin** et **Saint-Aubin**. Portraits d'Antoine Parcieux, Ch. Gauzargues, J.-B. Le Blond, Ant. Jombert, libraire, J. Roettiers, J.-B. Pierre, Joseph Vernet, Moreau le jeune et Valenciennc, peintres; Le Bas, graveur; Charles Le Brun. Treize portraits.

17 **Daullé.** La reine de Pologne, d'après Louis-Silvestre; belle pièce qui se trouve en tête du 2e vol. de la galerie de Dresde, épr. avant l. l. Très-rare.

18 **Drevet fils** (Pierre Imbert). Bossuet représenté en pied, d'après H. Rigaud. Très-belle épreuve, avec un point après le nom du peintre. Encadré.

19 — La duchesse de Nemours, d'après Rigaud. Belle épreuvre.

20 — Louis, duc d'Orléans, d'après Ch. Coypel. Belle épreuve d'un joli portrait.

21 — De Tressan, archevêque de Rouen, d'après J.-B. Vanloo, jolie petite pièce dite *le petit Bréviaire*. Belle épreuve avant la lettre, rare. Encadré.

22 **Drevet** (Claude). Marguerite-Henriette Le Bret de La Briffe, quatrième femme de Cardin Le Bret, président, représentée en *Cérès*, d'après H. Rigaud, 1728. Superbe épreuve avant toute lettre, très-rare. Encadré.

23 — Pierre Calvairac, docteur en théologie, d'après Adrien Le Prieur, belle épreuve. — Guillaume de Vintimille, archevêque de Paris, belle épreuve.

24 — J. Victor Bezenval, d'après Meissonier.

25 **Dyck** (Antoine Van). Icones principum...... Antverpiæ Gillis Hendrick ex.

Recueil de cent vingt-un portraits, dont ceux de Van Dyck, Pierre et Jean Breughel, Erasme, Cltermans, de Vos, Paul de Vos, Franck, Momper, Van Noort, Snellinx, de Wael, Snyders, Vorsterman. Ces quatorze portraits à l'eau forte par Van Dyck, les autres gravés par Bolswert, Pontius, Vorsterman, etc., etc.; dont toutes les épreuves sont avant ou avec les lettres G. H. (Gillis Hendrick), tirées sur papier à la folie, et avec grande marge, très-rare. Un vol. petit in-fol. maroquin rouge, dentelle, tranche dorée, avec une table manuscrite des portraits.

26 **Edelinck** (Gérard). L'Ostensoir (18; n[os] du Catalogue de M. Robert-Duménil), très-belle épreuve, rare.

27 — Un Ange volant, d'après Champagne (20). Rare.

28 — Saint-Jérôme, d'après Champagne (22), belle épreuve d'une jolie petite pièce.

29 — Saint Ambroise (23), saint Athanase (24), saint Bazile et saint Grégoire (25), trois pièces d'après Champagne, belles épreuves du cabinet du prince Tuffiakin.

30 — Saint Louis, roi de France (28), d'après Le Brun. Belle épreuve.

31 — Sainte Madeleine, d'après Ch. Le Brun (32). Superbe épreuve avant la bordure, état non décrit par M. Robert Duménil, et qui vient après l'épreuve avant la lettre, elle est encadrée, avec une grande marge.

32 — Apollon vainqueur du serpent Python (33), d'après Hallé, *Edelinck sculp. c. p. r.* M. Robert Duménil ne cite pas la date de 1683 qui se trouve

Albert.

Camb. 40

Camb. 86

Falcon.

Camb. 50 Falcon 100

sur notre épreuve, qui vient du cabinet de *J.-G. Wille, graveur célèbre.*

33 — Bellone victorieuse de l'envie (35).

34 — Euterpe environnée des ris et des jeux (36), deux épreuves des 1er et 2e état.

35 — Un titre de livre représentant la Poésie (37).
— Quatre anges descendent du ciel et foudroient l'Ignorance (38).
— Quatre génies, dont un tient une lyre (39).
— Des enfants dérobent au Temps des écrits que deux d'entre eux fixent à une pyramide (40). Cette pièce et les trois qui précèdent sont d'après H. Watelé.

36 — Charles, duc de Berry (147), anc. épreuve.

37 — Bertier, évêque de Rieux (148), belle épreuve. *Cabinet Dufresne.*

38. — Bertin (Pierre-Vincent), trésorier des parties casuelles (149). Très-belle épreuve avant la lettre dans la marge du bas, 2e état. *Cabinet Dufresne.* Encadré.

39 — Bignon, abbé de Saint-Quentin (151). Superbe épreuve du 1er état avant toute lettre. Très-rare.

40 — Bossuet, évêque de Meaux (156), belle épreuve du 1er état avec grande marge.

41 — Isabelle de Bragance, infante de Portugal, d'après Hallé (160), jolie pièce, belle épreuve, grande marge.

42 — Philippe de Champagne, peintre du roi (164), épreuve de la plus grande beauté, du 1er état, provenant du cabinet Revil.

43 — Charles Colbert, marquis de Croissy (175). Très-belle épreuve avant la lettre et avant les armes. M. Robert Duménil, en citant notre épreuve, dit que c'est la seule qu'il ait vue de cet état.

44 — Louis, duc de Bourgogne (148). Philippe V n'étant encore que duc d'Anjou (294), deux portraits, d'après De Troy.

45 — Carcavy (Pierre de), garde de la Bibliothèque du roi, d'après Tetelin (163). Très-belle épreuve avec les barbes de la planche sur la manche du personnage. Encadré.

46 — Desjardins (Martin Vanden Bogaert, connu en France sous le nom de), célèbre sculpteur, d'après H. Rigaud (182), belle épreuve du 2e état, avant l'adresse de Drevet. Encadré.

47 — Barbier Du Metz, président à la chambre des comptes de Paris (190), belle épreuve du 2e état, avec grande marge.

48 — Évrard, avocat au parlement de Paris (198), belle et rare épreuve avant toute lettre, les armoiries ne sont qu'ébauchées.

49 — Ferdinand, prince évêque de ~~Perdebon~~ et de Munster (202), belle épr. du 1er état.

50 — Le même portrait du 2e état.

51 — Le même personnage accompagné des figures de la religion et de Minerve (203), d'après Le Brun. Belle et rare épreuve du 1er état.

52 — Nicolas Feuillet, chanoine de Saint-Cloud (204), d'après Compardel.

Coeux 25 Tomb. 36

Tomb. 18

Hardouin 18

Lorin 6

Bruyant 15

Ed. Fleury

Gobbert 20

Falcon 50

Dubois architecte 12

Cant. 01 Hannin 56 Falcone 50

53 — Ant. Furetière, de l'Académie française (209), d'après Desève, belle épreuve. *Collection Robert Duménil.*

54 — Évariste Gherardi, comédien italien connu sous le nom d'Arlequin (214), belle épreuve du 1er état.

55 — Louis XIV en costume d'empereur romain. Il est assis dans un char traîné par des lions (251), d'après H. Watele, belle épr. du 1er état.

56 — Gobinet, principal du collége Du Plessis, à Paris (215), belle épreuve avec marge.

57 — Hérault de Gourville, conseiller d'Etat (218), belle épreuve avec grande marge.

58 — Madame Helyot (223), belle épr. avec marge, du 2e état, rare.

59 — Huyghens ou Hughenius (Chrétien), mathématicien célèbre (225), très-belle épreuve avant le nom du personnage et avant le mots *Drevet exc.*, placés au bas à gauche; était inconnu à M. Robert Duménil.

60 — Kaunitz (Dominique, comte de) (228), Edelinck, 1697, à Rome. Rare. *Collect. P. Mariette*, 1698.

61 — Keller (Jean-Jacques), commissaire ordinaire des fontes de l'artillerie de France, d'après Largillière (229), très-belle épreuve de 2e état. Encadré.

62 — Léonard, premier imprimeur du roi (242), 1er état, très-rare. M. Robert Duménil l'indique comme la seule épreuve qu'il ait vue, elle vient du cabinet de M. Delasalle.

63 — Michel Le Tellier, chancelier de France (244), d'après Ferdinand Voet. Belle épreuve.

64 — Paul de Lionne, aumonier du roi (247), belle épreuve avec toute sa marge du 2e état. *Cabinet Dufresne.*

65 — Louis XIV (248), très-belle épreuve du 1er état avant la lettre, très-rare, des cabinets *Daudet* et *Scitivaux.*

66 — Le même portrait, 2e état, belle épreuve, rare.

67 — Louis XIV (255), buste sur piédouche, belle épreuve du 1er état, grande marge.

68 — Grande thèse connue sous le nom du Triomphe de l'Église, ou l'Extirpation du calvinisme (258), d'après Le Brun. La feuille du bas seule.

69 — Louis XIV, roi de France (259), dit *la Thèse de la paix*, d'après Le Brun, estampe en deux feuilles. Très-belle épreuve.

70 — Louis XIV, grande thèse de deux feuilles (260), très-belle épreuve avec grande marge.

71 — Michel Le Tellier, marquis de Louvois, d'après Mignard (261), superbe épreuve avant plusieurs travaux à la figure de Bellone qui soutient le portrait, état antérieur au 1er du catalogue d'Edelinck, et que M Robert Duménil cite comme épreuve d'essai, peut-être unique.

72 — Jean Rouillé, comte de Meslay (273), 1702.

73 — Pierre de Montarsi, d'après A. Coypel (277).

74 — Montarsis, amateur de beaux-arts (277), avec grande marge.

75 — Parent (Jean-Charles), d'après Tortebat (287), belle épreuve du 2e état, rare. Encadré.

Creux. 15

Violons 25

Albert Violons 80, V. 20 Cont. 15

Albert

Albert

Albert

Cont. 66

Jos. 10

Fabian 20

Fabian 25

Camb. 10

Camb. 35. Silvestri 57

Hardin 23 [illegible] 18

Hardin 13

76 — Philippe V, roi d'Espagne (295), belle épreuve du 2e état, avec grande marge. Cabinet Dufresne.

77 — Raimond Poisson, comédien (299), d'après J. Netscher, 1682, belle épreuve du 3e état.

78 — Rigaud, peintre (303), *se ipse pinxit. Edelinck sculp.* C. P. R., belle épreuve du 2e état.

79 — Sainte-Marthe (Claude de), prêtre (308), joli petit portrait, in-8° encadré.

80 — Claude de Sainte-Marthe, prêtre (308), deux épr. du 3e et 4e état, ce dernier encadré.

81 — Jean-Baptiste Santeuil, poëte latin (311), belle épreuve du 2e état, avec marge. *Cabinet Dufresne.*

82 — Jacques Savary, auteur du *Parfait Négociant* (314), d'après Coypel. Superbe et rare épreuve avant la lettre, la seule connue; elle vient de la *Collection Debois.*

83 — Le même portrait, 2e état, belle épreuve.

84 — Schrader (Daniel), d'après Stech (317), belle épreuve

85 — Silvestre (Israël), dessinateur et graveur à l'eau forte (319), très-belle et rare épreuve du 1er état, avant la lettre, avant la vue de Paris, et avec barbe du cuivre.

86 — Le même portrait, belle épreuve du 2e état, avant la vue de Paris. Encadré.

87 — Tortebat, peintre et graveur français (328), d'après de Pille. Superbe épreuve.

88 — Ulrique-Éléonore, reine de Suède (331), d'après Ehrenstrahl. Très-belle épreuve du 2e état, avec grande marge.

89 — La même reine (332), belle épreuve, grande marge.

90 — Nicolas Vérien, graveur de cachets (335), superbe et rare épreuve avant la lettre. Collection *Robert Duménil*.

91 — Édouard Colbert, marquis de Villacerf (336), d'après Mignard, belle épreuve, mais rognée.

92 — Paul Tallemant, de l'Académie française (324), belle et rare épreuve du 1er état.

93 — Marie-Anne de Bourbon, princesse de Conti, médaille et le revers, sous un dais avec ses armes. Au bas, de chaque côté, divers personnages, dont un Péruvien. Estampe sans aucuns noms ni lettres, gravé dans le goût d'Edelinck. Rare.

94 **Edelinck** (Nicolas). Portrait de Gérard Edelinck, graveur, d'après Tortebat. On lit au bas : à Paris, chez l'auteur, rue Saint-Jacques, à Saint-Yves. Belle épreuve.

95 — Portrait de la marquise de Sévigné, belle épr. d'un joli petit portrait. Rare.

96 **Ficquet** (Étienne). La Mothe Le Vayer, d'après Nanteuil, épr. avant la lettre. Fagon, épr. avant toute lettre. Deux pièces.

97 — La Mothe Le Vayer, d'après Nanteuil, belle épreuve.

98 — Descartes, d'après Hals, épreuve avant la lettre.

99 — Le même avec la lettre.

100 — Madame de Maintenon, très-belle épreuve. Encadré.

101 **Goltzius** (Henri). Jean Zurens, belle épreuve avant l'écusson enlevé.

Hardwin 22 … 16.

Albert

: 25

Hardwin 6

Alther

Falcon

Caml. 13 Hardin

102 — Christ mort sur les genoux de la Vierge. Jolie pièce gravée en 1596. Très-belle épr. 20

103 Nativité non terminée. Belle épr. 11

104 **Ingouf.** 1772. Flipart, graveur, Pierre Laurent, graveur, d'après Trinquesse, par Miger et Nic. Delaunay, graveur. Trois pièces 4 50

105 **Mantuan** (George Ghisi dit). Les Amours de Psyché et de Cupidon, d'après Jules Romain. Très-belle épreuve avant la draperie. Cabinet Debois. Encadré. 15

106 **Martini.** 1772. Fêtes flamandes d'après Téniers, Tableaux du cabinet Praslin Deux pièces. Épr. avant toutes lettres. 2 75

107 **Milats.** Six paysages à l'eau-forte. 1 50

108 **Morghen** (Raphaël). Montcada, d'après Ant. Van Dyck. 7

109 — Jeanne d'Aragon. Épr. avant la lettre. 40

110 — Léon X, d'après Raphaël. Épr. avant la lettre. 9 50

111 **Muller** (Jean-Gothard). Madame Le Brun, d'après elle-même. Épr. avant toute lettre. Rare. 32

112 **Nanteuil** (Robert). Les Evangélistes (7), d'après Le Sueur. Très-belle épr. du 1er état. Les noms seulement. Rare. Du cabinet Debois. 31

113 — Pompone de Believre, premier président (37), d'après Le Brun. Très-belle épr. avec grande marge. Encadré. 52

114 — Pierre de Maridat. Belle épr. 9 50

115 — Michel Lemasle. Très-belle épr. 16

116 — La Motte Levayez. Très-belle épr. 25

117 **Picart** (Bernard). 1709 Portrait de Vauban. 3.

118 **Poilly** (François de). Sainte-Famille, d'après le tableau de N. Poussin, à la Galerie de l'Ermitage, à Saint-Pétersbourg. Rare épreuve non terminée.

119 — La même estampe terminée, mais avant la lettre.

120 — Le Repos en Égypte. F. Poilly, seul. ex. C. P. R. Sans nom de peintre. Épr. avant la lettre. Rare.

121 **Roullet** (Jean). 1698. Colbert, marquis de Villacerf. Belle épr.

122 — Portrait de François de Poilly, graveur. Belle épr. du cabinet Debois.

123 — La Religion, d'après Parrocel.

124 **Sauvé** (Jean). La Religion, titre pour le Catéchisme Eucharistique. Jolie petite pièce supérieurement gravée dans le goût d'Edelinck.

125 **Schmidt de Berlin**. Les Bons Amis, d'après Ostade. Belle épr. sans lettre.

126 **Scharp** (William). La Sortie de la garnison de Gibraltart, d'après Trumbull. Épr. avant la lettre, papier de Chine. Encadré.

127 **Strange**. L'Annonciation, d'après le Guide. Épr. d'eau-forte. Rare.

128 **Vallet**. Duvergier de Hauranne. Louis Tourneux, mort à Paris en 1738. Deux pièces.

129 **Visscher** (Corneille). Coppenol, maître écrivain. Superbe et rare, épr. avant la lettre et avant que la manche du bras droit du personnage ait été ébarbée. Cabinet Durand. Encadré.

130 **Wille** (Jean-George). Cléopâtre, d'après Netscher. Très-belle épr.

[illegible]ux 20

131 **Woollett** (William). Les Paysans joyeux, gravé d'après C. Du Sart. Superbe épr. Encadré.

131 bis. **Wierix** (Les). Vignettes sujets pieux, quatre pièces. Belles épr. Plus un Christ mort dans le goût de Wierix.

132 — Petites pièces et vignettes gravées par et d'après Durer, Hollard, Delabelle, Saint-Non, Eisen, Boucher, Audran, Roullet, Montaigne, Saint-Aubin, Marillier, Tardieu, etc. Soixante-onze pièces. Cet article sera divisé.

133 — Peintres et Graveurs, membres de l'ancienne Académie de Peinture. 22 portraits, dont les planches sont à la Calcographie du Louvre.

DEUXIÈME PARTIE.

ESTAMPES MODERNES

134 **Allais** Lord Byron, d'après Dubuffe. Manière noire. Épr. avant l. l.

135 — Repos des Chasseurs et la Patte du Renard, deux pièces gravées en manière noire, d'après Duval le Camus. Ép. avant l. l. La dernière gravée par Chollet.

136 — Rubens et Marie de Médicis et le pendant, deux estampes gravées en manière noire d'après Jacquand. Épr. avant l. l.

137 — La Rencontre de Rébecca, d'après Bouterwek. Épr. avant l. l.

138 **Anderlonni**. Vierge aux Anges, d'après le Titien.

139 **Arnoult**. Vues et Monuments de Paris. *Paris*, Hauser. 40 planches lithographiées. Épr. sur pap. de Chine. Dans un portefeuille.

140 **Aubert père**. Paysage d'après Rubens. Épr. d'artiste avant l. l. Pap. de Chine et l'eau-forte.

141 — Paysage. Épr. d'artiste avant l. l. et l'eau-forte. Deux pièces pap. de Chine.

142 **Bal** (J.). 1844. Le Moine quêteur, d'après N. De Keyser.

143 **Bein** (J.). La Nymphe, d'après Lancrenon. Épr. d'artiste avant l. l. pap. de Chine.

144 **Bertonnier**. Napoléon, Marie-Louise, Mlle Bourgouin, Mme Boullanger, etc. 8 portr.

145 — Sainte-Famille, d'après Raphaël. Épr. pap. de Chine.

146 — Il est sauvé, d'après Genod, peintre lyonnais.

147 **Blanchard**. Jeunesse de J. J. Rousseau, d'après Steuben. Épr. avant l. l. pap. de Chine.

148 — La Leçon de Flûte, d'après Albrier. Épr avant l. l. Chine.

149 — Le Serment des Horaces, d'après David. Épr. avant l. l. Encadré.

Martin 3

Albert f. 12

Albert

150 **Boissieu** (J. J. de). 1806. Grands et beaux Paysages, d'après les tableaux de Ruysdaël et Wynants, appartenant à l'éditeur Artaria. Belles épr. avec toute marge.

151 — Œuvre de ce maître. Belles épr. de l'édition de M. Rossi. Cent onze pièces plus la Cascade et le Temple de la Sybille à Tivoli, deux pièces avant la lettre et l'adresse de Frauenholz. Un vol. gr. in-fol. dem.-rel.

152 **Bonvoisin.** Broussais, médecin, d'après Duchesne. Épr. d'artiste avant la lettre Papier de Chine.

153 **Bovinet.** La Bataille d'Austerlitz, d'après Gérard. Épr. avant toute lettre. Papier de Chine.

154 **Chrétien.** Louis-Philippe, duc d'Orléans, en exil, donne des leçons de géographie au collége de Rheichnau. Cette lithographie a été faite pour la famille d'Orléans et n'a pas été dans le commerce. Elle est rare.

155 **Chollet.** Le Billet de loterie et le petit Savoyard. Deux pièces d'après Rhœn. Épr. d'artiste avant l. l. pap. de Chine.

156 **Claessens.** Jacob bénissant ses enfants, d'ap. Rembrandt.

157 **Coiny.** 1823. La Création, d'après Michel-Ange. Épr. d'artiste avant l. l. pap de Chine.

158 **Corr** (Merrin). Agar dans le désert, d'ap. Navez. Épr. avant l. l. pap. de Chine.

159 — Léopold, roi des Belges, d'apr. G. Wappers. 1834.

160 **Cousins** (Henri). Vittoria d'Albano, d'après Horace Vernet. Épr. lettre grise.

161 **Delestre**. Nymphe chasseresse, d'après Léon Coigniet. Epr. d'eau-forte.

162 **Desnoyers**. La Vierge au Berceau, d'après Raphaël. Épr. avant l. l. pap. de Chine.

163 — Sainte-Marguerite, d'ap. Raphaël. Épr. avant l. l. pap. de Chine.

164 — Sainte Catherine d'Alexandrie, d'ap. Raphaël. Ép. avant l. l. Encadré.

165 — La Jardinière de Florence, d'après Raphaël. Ep. avant l. l. pap. de Chine.

166 — La Vierge de la maison d'Albe, d'ap. Raphaël. Epr. avant l. l. Encadré.

167 — Napoléon Ier, empereur, en costume du sacre, d'après Gérard. Épreuve avec l'aigle. Encadré.

168 — Le Roi de Rome, d'après Gérard. Ép. avant l. l. pap. de Chine. Encadré.

169 **Dequevauviller**. Le Portrait du cardinal de Beausset, d'après Labby.

170 **Dien** (M.-F.). Les Sybilles, d'après Raphaël. Ép. d'artiste avant l. l. pap. de Chine.

171 — Sainte Cécile, d'après J. Romain. Épr. d'artiste avant l. l. pap. de Chine.

172 — Galilée, d'après Laurent. Épr. d'artiste avant l. l. sur pap. de Chine.

173 — Bataille d'Austerlitz, d'après Gérard. Épreuve avant toute lettre, pap. de Chine.

174 **Doo** (George). Vierge et Enfant-Jésus, d'après Raphaël.

Albert

11	Triomphe des Vendéens		9	
16	Portrait l'aubin 15 p.		17	50
24	Denis Desjonnel	Hardouin	8	
36	Delcluck Ch. de Berry	Becker album	8	
40	Bossuet	Falcon	8	50
51	Paderborn	Hardouin	13	
53	Furetière	Lorin	5	
54	Gherardi	Nugent	13	
57	Gonville	Gilbert	[illegible]	
58	Helyot (Madame)	Falcon	19	
63	M. Le Tellier	Cruy	15	
64	Paul de Lyonne	Falcon	19	
69	Thèse la Chaize	Becker album	17	
70	Thèse	Becker album	27	
77	Poisson	Carrutte	7	
78	Régnard	Falcon	8	
93	Marie Anne de Bourbon	Becker album	7	
132	Vignette Drimeu 21 p.	0 Combrunne	3	
153	Bonnier Austerlitz chine		1	
154	Chrétien Louis Philippe Reichmann	Becker album	12	50
159	Léopold roi des Belges	Becker album	15	
173	Dien Austerlitz	Becker album	9	50
191	Girardet Mort du Berry	Becker album	5	

200	Girardet	13 vign. Racine	Lecerin	18	
203	Girard	Calma	Hugues	4	
209	Heath	revolte de Dublin	Baker Albert	21	
217	Jehotte	Goffin		1	
218	Langier	Daphnis et Chloé	Hardouin	18	
237	Laurent	Messe de St Martin		4	
242	Lefevre	le Roi de Rome	Laperlier	15	
244		Le General Foy	Crecy	5	
255	Lignon	Mars	Hugues	4	
258	Malbeste	Benediction des aigles	Jarriette	10	
259	D°	fete militaire	Watelet	2	
270	Muller	Selim III	Jarriette	1	
282	Reynolds	infante Marguerite	Laperlier	3	
300	Neagle	Mort de Nelson	Jarriette	4	
320	Wedgwood	5 portraits		5	
328	Deux vues de Neuchatel		Martin	3	50
342	Vignette	5 p. Gilbert	Lecerin	2	50
346	—	La Dame du lac 6 p.	Lecerin	3	50
353	Memorable journée de 1830, ep. av. la l.		Baker Albert	31	
361	Bouchardon	2 [illegible]	Charpentier	60	
379	Watelet	Dessin en hauteur	Watelet	8	
				487	50
				[illegible]	[illegible]
				[illegible]	[illegible]

175 **Dupont** (Henriquel). Entrée de Henri IV dans Paris, d'après Gérard. Épr. d'artiste avant l. l. pap. de Chine.

176 — Hussein-Pacha, d'après Champmartin. Épreuve d'artiste avant toute lettre.

177 — Scène de Naufrage. Épr. avant toute lettre.

178 **Fauchery.** Offrande à la Madone, d'après Schnetz. Épr. d'artiste avant l. l. pap. de Chine.

179 — Joconde, d'après Léonard de Vinci. Épr. avant l. l. pap. de Chine.

180 — Valentine de Milan, d'après Richard. Épreuve d'artiste avant l. l. pap. de Chine.

181 **Fitler** (James). The embarkation of Saint-Ursule, d'après le tableau de Claude le Lorrain, à la National Gallery à Londres. Épr. lettre grise.

182 **Flandrin** (M.-Hte). Lithographies d'après des fresques. Trois pièces.

183 **Fortier.** Paysage d'après Rembrandt. Épreuve avant l. l.

184 **Frey.** La Présentation au Temple, d'après Rembrandt. Épr. avant l. l. Encadré.

185 **Frilley.** L'Accouchée, d'après Ary Scheffer. Épr. d'artiste sur pap. de Chine.

186 **Girardet.** La Cène, d'après Phil. de Champagne. Épr. avant l. l. Encadré.

187 — Christ mort, d'après André del Sarte. Épreuve d'artiste avant l. l.

188 — Triomphe de Vespasien, d'ap. Jules Romain. Épr. avant l. l.

189 — Fête à Cérès, Fête à Bacchus, deux pièces

d'après N. Poussin. Épreuves d'artistes avant l. l. pap. de Chine.

190 — La Mort de Virginie, Semira et Semino, deux pièces. Inv. et incidit à Rome en 1794—95.

191 — Mort du Duc de Berry. d'après Fragonard. Ép. d'artiste avant l. l.

192 — Naissance du Duc de Bordeaux, d'après Fragonard. Épr. d'eau-forte.

193 — Idylle, composition de Cassas. Encadré.

194 — La Transfiguration, d'après Raphaël, pour le Musée français. Trois épreuves d'eau-forte à divers degrés d'avancement.

195 — Une Sabine, l'Abondance, le Gladiateur combattant, le Centaure Chiron, quatre pièces gravées d'après des statues antiques, pour le Musée français. Épreuves d'artiste avant l. l.

196 — Camée de la Sainte-Chapelle, gravé pour l'iconographie de Visconti. Épr. d'artiste avant l. l. Encadré.

197 — Bas-relief pour l'iconographie de Visconti. Deux pièces l'eau-forte et le fini.

198 — David Purry, par Girardet, Chambrier, par Smith, un Jeune Homme, par M. Edelinck. Trois pièces.

199 — Douze Vignettes d'après les dessins de Percier, pour l'Horace publié par la maison Didot. Douze pièces. Rare.

200 — Treize Vignettes pour les œuvres de Racine, d'après Desenne. Épreuve avant l. l. papier de Chine.

albert

10 albert

12

August 7.

Albert

201 — 28 Vignettes diverses, Fleurons, Armoiries de France pour un brevet de Garde Nationale.

202 **Girard**. Veuve du Soldat et Veuve du Matelot, deux pièces d'après A. Scheffer. Épr. d'artiste sur pap. de Chine avant l. l.

203 — Talma, d'après Gérard, 1810. Épr. d'artiste avant l. l. pap. de Chine.

204 — Corinne, tête d'étude d'après Gérard.

205 **Gonzenbach** (Van Carl). Guillaume Tell, d'apr. Vogel. Épreuve pap. de Chine.

206 — Mort d'Arnold, d'après Vogel.

207 **Grimm** (E.). 1811. Études diverses de figures, Têtes, etc. Vingt-sept pièces sur 16 feuilles.

208 **Guillemot**. Christ descendu de la Croix, d'après Daniel de Voltère. Épr. avant l. l.

209 **Heath** (Charles). Révolte de Dublin, ép. avant la lettre, d'artiste. Encadré.

210 — La mort du matelot, ~~la mort du soldat~~, d'après Richard Westal. ~~Deux~~ pièces encadrées.

211 — La Querelle des amants, d'ap. Newton. Encadré.

212 **Haldenwang**. Vue de Cologne, ép. avant la lettre, pap. de Chine.

213 **Huet**. Deux sujets de la vie de Frédéric II, d'ap. Albrier, ép. d'artiste avant la lettre, pap. de Chine.

214 — Deux sujets de la vie de J.-J. Rousseau, d'apr. Albrier, ép. avant la lettre sur pap. de Chine.

215 **Konig**. 1799 à 1805. Onze pièces à l'eau-forte.

216 **Jacquemot**. La Lecture de la gazette, d'après Kirner.

217 **Jehotte.** Goffin et son fils dans la houillère de Beaujonc, d'ap. Johns, ép. avant la dédicace.

218 **Johannot** (Alfred et Tony), d'ap. Scheffer. Les Enfants égarés, et les Orphelins, deux pièces, d'après Ary Scheffer, ép. d'artiste avant la lettre.

219 **Lafosse.** Invalide de la marine anglaise, lithogr. d'ap. Duval Le Camus, ép. sur pap. de Chine.

220 **Langlois.** Gladiateur combattant, de la galerie de Florence, ép. avant la lettre, encadré.

221 — Barthélemy, Fontenelle, Voltaire, Madame Joly (du Théâtre-Français), le Dominiquin, peintre, etc. Six pièces dont quatre avant la lettre.

222 **Laugier.** La Vierge sur les genoux de sainte Anne, d'ap. Léonard de Vinci, ép. avant la lettre sur papier de Chine.

223 — Assomption de la Vierge, d'ap. N. Poussin, ép. avant la lettre.

224 — La Mort de Sapho, d'ap. Gros, ép. avant la lettre, pap. de Chine.

225 — Héro et Léandre et Mort de Léandre, d'après Delorme. Deux pièces, ép. avant la lettre. Rare.

226 — Daphnis et Chloé. d'ap. Hersent, ép. avant la lettre. Rare.

227 — Pygmalion. d'ap Girodet, ép. avant la lettre, pap. de Chine. Encadré.

228 — La même, avec la lettre, pap. de Chine.

229 — La même, ép. avant la lettre, papier de Chine, en feuille.

230 — Zéphyr, d'ap. Prud'hon, ép. avant toute lettre, pap. de Chine, encadré.

wiein 31

[illegible] 3

7. 10

[illegible] 15

[illegible] 6. [illegible]

231 — Marie-Amélie, duchesse d'Orléans, depuis reine des Français, d'ap. Gérard Ép. avant la lettre, les armes au trait, encadré.

232 — Madame de Staël, d'ap. Gérard, ép. avant toute lettre, pap. de Chine.

233 — Hippolyte de Médicis, d'ap. le Titien, ép. d'artiste avant toute lettre.

234 — Marie-Amélie, duchesse d'Orléans, depuis reine des Français, d'ap. Gérard, ép. avant toute lettre, pap. de Chine.

235 — Portrait de Jacques Delille dictant ses mémoires à sa femme, d'ap. Danloux, ép. avant la lettre, pap. de Chine.

236 — La reine Hortense, d'après Gérard; Châteaubriant, d'ap. Girodet; Napoléon. Trois pièces.

237 **Laurent** (Henri). La messe de saint Martin, d'ap. Lesueur. Ép. avant la lettre sur pap. de Chine.

238 — Intérieur familier, d'ap. Gonzalès Coque, épr. avant la lettre, pap. de Chine.

239 **Lebas** (J.-Ph.) Les Œuvres de miséricorde, d'ap. Teniers, rare ép. avant la lettre, les armes à l'eau-forte. Cabinet Valois

240 — L'Enfant prodigue, d'ap. Teniers, ép. tirée avec un cache-lettre.

241 **Lefèvre** (Achille). Napoléon, d'ap. Steuben, ép. d'artiste avant la lettre, pap de Chine.

242 — Le roi de Rome, d'ap. Prud'hon, ép. d'artiste, avant la lettre.

243 — Casimir Périer, d'ap. Hersent, ép. d'artiste, avant la lettre, pap. de Chine.

244 — Le général Foy, d'ap. Horace Vernet, ép. d'artiste avant la lettre, pap. de Chine.

245 — La Cène, d'ap. Léonard de Vinci, ép. avant toute lettre.

246 — La Vierge au chardonneret, d'ap. Francia, épr. d'artiste avant la lettre, pap. de Chine.

247 — L'abbé de Lamennais, d'après A. Scheffer, ép. d'artiste avant la lettre, pap. de Chine.

248 — Sixte-Quint, d'ap. Schnetz, ép. pap. de Chine.

249 **Leroux.** Lafayette, d'ap. Scheffer, ép. d'artiste avant la lettre, papier de Chine.

250 — Deux sujets de Bianca Capello, d'ap. Ducis, ép. d'artiste avant la lettre, pap. de Chine.

251 **Lignon.** Vierge au poisson, d'ap. Raphael. Ep. avant la lettre, pap. de Chine, signé du graveur. Encadré.

252 — Duc d'Orléans, depuis Louis-Philippe Ier, d'ap. Gérard, ép. avant la lettre. Encadré.

253 — Madame la duchesse d'Angoulême, d'ap. Augustin, ép. avant la lettre **signée d'Augustin**.

254 — Portrait de N. Poussin, ép. avec la lettre grise sur pap. de Chine.

255 — Mademoiselle Mars, actrice du Théâtre-Français, d'ap. Gérard. Belle ép.

256 — Le duc de Richelieu, d'ap. Laurence, ép. d'artiste avant la lettre, pap. de Chine.

257 — Talma, tragédien célèbre, d'ap. Picot. Ép. d'artiste avant la lettre, pap. de Chine.

258 **Malbeste.** La Bénédiction des aigles, pour le sacre de Napoléon. Ep. d'artiste avant la lettre.

259 — Fête militaire sous l'Empire, ép. d'eau-forte.

260 **Massard** (Raphael-Urbain). Louis XVIII, roi de France, en manteau royal, d'ap. Gérard, ép avant la lettre et avant l'année 1819. Elle est signée de Gérard.

261 **Mosquelier.** Portrait, d'ap. Rembrandt : Lanfranc, peintre, Hte cardinal de Médicis, par Audouin, tête par Laurent, d'ap. Rembrandt. Cinq pièces.

262 — La Piété filiale, d'ap. Vicar.

262 bis. **Mauduison**, 1830. Lo Spasimo di Sicilia, d'ap. Raphaël. Ép. avant la lettre, pap. de Chine.

263 **Migneret.** Molière et sa servante, d'ap. Horace Vernet, et la Mort de Molière, d'ap. Wafflard. Deux pièces ép. avant toutes lettres, une est sur pap. de Chine.

264 **Muller** (Henri), 1822. La Vierge, l'Enfant Jésus et saint Jérôme, d'ap. le Corrége, ép. d'artiste avant la lettre, pap. de Chine. La planche de cette estampe avait été commencée par F. Bartolozzi et interrompue par sa mort à l'âge de 85 ans.

265 — Psyché enlevée par les zéphyrs, d'ap. Prud'hon. Ép. d'artiste avant la lettre, pap. de Chine.

266 — Psyché enlevée par les zéphyrs, ép. d'eau-forte.

267 — Endymion, d'ap. Langlois, ép. d'artiste avant la lettre sur pap. de Chine.

268 — Portrait de Henri IV, ép. d'artiste avant la lettre, sur pap. de Chine. Encadré.

269 — Portrait de M. Dreux-Brézé, d'après Paulin Guérin, ép. d'artiste sur pap. de Chine.

270 — Sélim III, d'ap. Le Moine, ép. avant la lettre.

271 — Paysage, d'ap. G. Poussin, ép. d'artiste avant la lettre, p. de Chine.

272 **Luderitz.** Saint Michel, d'ap. Raphaël, lettre grise.

273 **Pigeot** père, 1818. Enfant jouant avec des bulles de savon. Ép. d'artiste avant la lettre, Chine.

274 — Les Sabines, d'ap. David, ép. avant la lettre. Encadré.

275 **Prudhomme.** La saint Barthélemy, d'ap. Paul de Laroche, ép. lettre grise.

276 — Louis Philippe Ier, d'ap. Winterhalter.

277 — Les états généraux, d'ap. Couder, ép. d'artiste avant la lettre, pour la galerie de Versailles

278 — Procession du pape dans Saint-Pierre, d'après M. Horace Vernet, ép. d'artiste avant la lettre sur Chine.

279 **Raimbach.** Les Politiques de village et le Jour de rente, deux pièces d'ap Wilkie ; elles sont ép. d'eau-forte ; la dernière sur pap. de Chine. Elles sont très-rares.

280 **Ransonnette.** Saint Louis, d'ap. Boisselier, ép. avant la lettre, pap. de Chine.

281 **Reindel** (Alb.), 1821. Monuments de saint Sebald à Nuremberg.

282 **Reynolds.** Infante d'Espagne, d'apr. Velasquez. ép. avant la lettre.

283 — Le Massacre des Innocents, gravé en manière noire, d'ap. Léon Coigniet, ép. avant la lettre.

284 **Richomme.** Adam et Ève, d'ap. Raphaël. Belle ép.

[illegible]

[illegible]

285 — La Vierge au livre, d'ap. Raphaël, avant la lettre, pap. de Chine.

286 — Le Silence, d'ap. An. Carrache, ép. d'artiste avant la lettre, pap. de Chine.

287 — Les cinq Saints, d'après Raphaël, ép. avant la lettre. Encadré.

288 — Galathée, d'ap. Raphaël, ép. avant la lettre.

289 — Thétis portant l'armure d'Achille, d'ap. Gérard, ép. avant la lettre.

290 — Daphnis et Chloé, d'ap. Gérard, ép. avant la lettre.

291 — Andromaque, d'ap. Pierre Guérin, ép. avant la lettre. Encadré.

292 — Louis XVIII et Madame d'Angoulême, d'après Gounod.

293 **Robert** (Léopold). Étude académique pour le concours de gravure. Rare.

294 **Robinson** (John). La reine d'Angleterre Vittoria, d'ap. John Patridge, ép. avant la lettre, pap. de Chine.

295 — Les Fleurs, d'ap. Murillo, tableau de la galerie Duwlich, avant la lettre, pap. de Chine.

296 — **Roger** (Baptiste). Marie-Antoinette en pied, d'ap. Rosselin le Suédois, ép. avant la lettre, pap. de Chine.

297 **Ruhierre.** Henri IV chez Michau, d'ap. Menjaud, pièce à l'eau-forte, ép. sur Chine.

298 — Le frontispice du voyage d'Egypte, d'ap. le dessin de Laffitte, ép. signée.

299 — Mascarade, d'ap. Détouche, ép. d'artiste avant la lettre et sur pap. de Chine.

300 **Neagle.** Mort de l'amiral Nelson, d'ap. Westall, ép. avant la lettre, plus l'eau-forte.

301 **Noël** (Léon). Adieux des matelots, d'après Duval Le Camus.

302 **Noter.** Hôtel de ville d'Audenaerde.

303 **Schaeffer** (Edouard). Allégories pieuses. Trois pièces, d'ap. Ph. Voet, ép. avant la lettre.

304 **Seelliter.** Une vue intérieure d'église, d'après Delorme, ép. avant la lettre. Encadré.

305 **Sixdeniers.** Propezzia de Rossi sculptant son dernier ouvrage, d'ap. Ducis, ép. d'artiste avant la lettre, pap. de Chine.

306 — Le prince Eugène, d'ap. Déveria, ép. d'artiste, avant la lettre, pap. de Chine.

307 **Simonet.** Le président Duranti, d'ap. Delaroche, ép. d'eau-forte, sur Chine.

308 **Scott.** *Braking cover et Death of fox.* Chasse au renard et Mort du renard. Deux estampes avant la lettre, pap. de Chine. Encadrées.

309 **Tardieu** (Alexandre). Ruth et Booz, d'ap. Hersent, ép. avant la lettre sur pap. de Chine.

310 — Napoléon, le maréchal Ney, et Washington, par Dequevauvillier. Trois pièces.

311 — Portrait en pied de Barras, d'ap. Hilaire Le Dru, ép. avant la lettre.

312 **Texier.** Le chimiste, d'ap. Th. Wick, ép. d'artiste avant la lettre, Chine.

313 **Thompson.** Un lot de vignettes et fleurons, gr. en bois.

314 **Ulmer.** Saint Paul brûlant les livres à Éphèse, l'eau-forte.

315 **Van Dael.** Offrande à Flore et corbeille à Julie, deux bouquets de fleurs lithographiées, par Chazal et Brienne.

316 **Vallot.** L'eau-forte du Chien du régiment, d'ap. Horace Vernet, ép. sur pap. de Chine.

317 **Varin.** Les Moissonneurs, d'ap. Léopold Robert, ép. avant toute lettre, papier de Chine,

318 **Vernet** (Horace). Sépulcre de Raphaël, lithographié.

319 **Villerey.** Innocence, d'ap. Prud'hon, ép. avant la lettre, pap. de Chine.

320 **Wedgwood.** Goldsmith, Irving, Th. Moore, etc., cinq portraits, pap. de Chine.

ESTAMPES DIVERSES

---

322 Vue de la ville de Cologne, d'ap. Quaglio, par Barnsted, ép. avant la lettre sur papier de Chine

323 Plan géométrique d'une partie de la Suisse, d'apr. Dunker, par Nee et Masquelier.

324 Tombeau de Louis XII Tombeau en Espagne, monument d'architecture gothique. Trois pièces.

325 Hôtel-de-Ville de Bruxelles, monument de la Révolution de septembre à Bruxelle.

326 Coupe restituée de la Mosquée de Talfiez. Épr. sur Chine. — Plan des Iles Vanikoro ou de La Perouse, levé et dressé par M. Gressien.

327 Puits artésien de l'Abattoir de Grenelle, par Mullot, signé de l'auteur. Rome antique, par Leveil, architecte. Vue de la façade du portique du grand Temple de Denderach.

328 Deux vues de Neuchatel et de Valengin, eaux-fortes coloriées. Deux pièces encadrées.

329 Deux paysages gravés par Alès, une vue de l'Église de Saint-Roch. Trois pièces. Épr. avant l. l. pap. de Chine.

330 Quatre pièces diverses, une d'après Murillo, gravée en Espagne.

331 Deux estampes pour le Paradis perdu, de Milton, d'après Flatters, par Ransonnette et Migneret. Ép. d'artiste avant l. l.

332 Judith, la Vierge et l'enfant Jésus, Saint Marc de Florence. Trois pièces d'après Raphaël et Fra Bartholomeo.

333 Trois pièces d'après le Titien et Metzu, par Bein, Migneret et Ortman.

334 Pascal, par Bein, Thibault, par Girard, Corvisart, par Blot, et autres portraits par Dien, Dupont et Coupé. Sept pièces.

335 Raphaël, par Muller, Montesquieu, par le même, Louis XVIII, par Forshell, Chateaubriant, par le comte et G. Dow, Lafayette. 9 portr.

336 Batailles de la galerie de Versailles, gravées par Burdett, Carl Girardet, Blanchard, J. Bein, etc. Six pièces.

337 Jean Bart bombardant Alger, bataille. Deux pièces de la galerie de Versailles, gravées par Boilly et Burdet. Épr. d'artiste avant l. l. Chine.

338 Eaux-fortes diverses pour la Galerie de Versailles. 1 50
339 Etude académique dessinée et gravée par Oleszczynski, polonais. 1
340 Deux têtes d'études d'après Raphaël, du recueil de Bonnemaison. Etudes en manière de crayon et Etudes en imitation de lavis pour l'architecture. 2 25

VIGNETTES FRANÇAISES & ANGLAISES

341 Douze vignettes pour l'Histoire de la Révolution, d'après Raffet. Épr. pap. de Chine. 2
342 Les œuvres de Gilbert, quatre vignettes et le portrait d'après Deveria. Épr. avant l. l. sur pap. de Chine. 2 50 Vig
343 La famille de Thomas Moore, d'après Holbein, Lord Stafford et son secrétaire, d'après Van Dyck, deux charmantes vignettes. Épr. avant l. l. sur pap. de Chine. 3 50
344 Vignettes pour des keepsakes, épreuves tirées grand papier, avant l. l. sur Chine. Quatorze pièces d'ap. Collin, Landseer et Laurence, par divers graveurs. 10
345 Vignettes pour les aventures de Don Quichotte, d'après les dessins de Smirke, par Heath et Gol- 6 50

ding. Épreuves avant toutes lettres, papier de Chine. Trois pièces plus une avec le titre.

346 Vignettes pour la Dame du Lac, roman de Walter Scott, d'après Vestall. Six pièces pap. de Chine. Rare.

347 Soixante-cinq vignettes, gravé d'après Corbould, Westall, Smirke, etc , par divers graveurs anglais. Cet article sera divisé en quatre lots.

348 **Perrault** (Charles). Les hommes illustres qui ont paru en France pendant un siècle, avec leurs portraits au naturel. Paris, 1696-1700, 1er vol. rel. en v., contenant 50 portr., superbes épreuves, dont 14 par Edelinck. Les principaux sont Callot, N. Poussin, Nanteuil, La Fontaine, Molière, Richelieu, etc. En plus, on a ajouté deux portraits de Pascal, dont un par Hubert, et un portrait d'Arnault.

RECUEILS

---

349 Galerie du Musée Napoléon, publiée par Filhol, graveur. Paris, 1804. 11 vol. gr. in-8° dem.-rel. mar. r. Emplaire de souscription. Très-bel exemplaire.

Albert

350 **Saint-Non** (Richard, abbé de). Voyage pittoresque de Naples et de Sicile. Nouvelle édition par Charrin. Paris, 1829. 3 vol. in-fol. de 468 pl. pour l'atlas et 4 vol. in-8° de texte, dem.-rel.

351 Prix décennaux. Paris, 1810. Trente pièces.

352 Spectacle historique divisé par périodes (de 1500 à 1750), dessiné par Monnet et gravé par Godefroy, avec texte par Levêque, in-fol. dem.-rel.

353 Mémorables journées de 1830, faits historiques (27, 28 et 29 juillet) recueillis et lithographiés par V. Adam, avec texte anglais et français par Charrin. Paris, 1830. Un vol. in-fol. obl. dem.-rel. Plus le plan figuratif des barricades, collé sur toile dans un étui.

354 **Salvage** (Jean-Galbert). Anatomie du Gladiateur combattant, applicable aux arts, ouvrage orné de 22 planches. Paris, l'auteur 1812, in-fol. dem.-rel.

355 **Chaussier**. Recueil anatomique à l'usage des jeunes gens qui se destinent à la médecine. Paris, 1820, in-4° fig. dem.-rel.

356 **Villeneuve**. Lettres sur la Suisse, 4e partie, 6 livraisons. Lac de Genève, Chamouny, Le Valais.

357 **Album Lithographique**. 47 planches par Adam, Boilly, Bellanger, Charlet et autres artistes.

DESSINS

358 **Ango** Assomption de la Vierge. Dessin pour un plafond, à la sanguine.

359 **Aubert père**. Paysage composé, dessin à la mine de plomb.

360 **Bouchardon** (Edme). Étude d'enfant, dessin à la sanguine pour un bas-relief de la fontaine de Grenelle. Encadré.

361 Marche de Silène, et Faune près d'un Terme. Deux dessins à la sanguine d'une exécution très-soignée, exécuté d'après des pierres gravées du cabinet d'Orléans. Encadrés.

362 — Un génie, dessin à la sanguine.

363 **Boucher** (François). Paysage petit dessin à la pierre d'Italie.

364 **Casanove**. Repos du berger et repos de la bergère. Deux dessins au crayon sur papier teinté et rehaussé de blanc.

365 **Cochin** (Charles-Nicolas). L'île des Foux, opéra-comique mise en musique par Duny. Un très-beau fleuron pour le titre, représentant l'avare tenant sa cassette. Dessin à la sanguine, très-terminé.

On y a joint la gravure par Flipart, avec ces vers :

Je suis un pauvre misérable
Rongé de peine et de souci
J'ai travaillé comme un diable
Pour amasser l'or que voici.
(N° 258 du Catalogue de l'œuvre de Cochin).

[illegible]

[illegible]

366 **De la Belle** (Étienne). Tête de jeune garçon, pleine de sentiment. Dessin à la plume et au bistre. Encadré.

367 **Desfriches d'Orléans.** Paysage avec chaumière. Dessin rehaussé de blanc.

368 **Dumont**, peintre en miniature. Tête de jeune garçon, 1787. Dessin au crayon noir et rouge. Encadré.

369 **Flers.** Environs de La Bouille, aquarelle.

370 **Le Moine.** Tombeau de la princesse Mathilde dans l'église de Saint-Pierre à Rome. Dessin lavé à l'encre de Chine.

371 **Mandevare.** Études de tronc d'arbres. Dessins au crayon noir.

372 **Nanteuil** (Robert). Portrait de Michel Le Tellier. Beau dessin très-fini à la mine de plomb sur vélin. Encadré.

373 **Natoire.** Deux études académiques à la sanguine.

374 **Perruzzi** (Balthazard). Les Noces de Rébecca. Composition de 48 figures. Superbe dessin à la plume et au bistre. L. 78 cent. H. 26 cent. Encadré.

375 **Regnault.** Deux études académiques au crayon et au lavi

376 **Robert** (Alexandre). Vue aux environs de Fontainebleau.

377 **Titien.** Étude de femme vue par le dos, dessin à la plume et au bistre. Encadré.

378 **Vanloo.** La Conversation espagnole, première

pensée du tableau, gravé par Beauvarlet. Dessin à la plume et lavé au bistre.

379 **Vatelet.** 1774. Paysage au travers des rochers. Dessin à la plume.

380 **Vouet.** La Vierge tenant l'enfant Jésus. Dessin au crayon. Collection Mariette.

381 **Visconti.** Bordure ornementale pour le portrait du roi de Prusse, gravé d'après Gérard, par M. Forster. Dessin lavé à l'encre de Chine et au bistre.

382 **Watteau** (Antoine). Figures de modes, hommes et femmes. Huit dessins à la sanguine, d'une touche fine et spirituelle. Plusieurs de ces dessins ont été gravés à l'eau-forte par Watteau, et les autres par Thomassin. Collect. Menageot, peintre en 1816. Ces dessins sont encadrés dans deux cadres qui seront divisés.

383 — Etude d'enfant, dessin à la sanguine, par Schnuzer, 1769. Etude d'une jeune paysanne, école de Greuze, sanguine.

384 — Quatre têtes de jeune homme, de jeunes femmes et de vieillard, etc. Dessins à la sanguine.

385 — Un lot de Catalogues d'estampes de diverses célèbres collections.

386 Les articles omis.

Renou et Maulde, imprimeurs de la Compagnie des Commissaires-Priseurs, rue de Rivoli, 144. 6368 [illegible] 68 [illegible] 100

[illegible] 62 [illegible] 160

www.ingramcontent.com/pod-product-compliance
Ingram Content Group UK Ltd.
Pitfield, Milton Keynes, MK11 3LW, UK
UKHW020318220726
13923UKWH00003B/1229

9 782329 078038